AF554186

PIERRE QUILLARD

LA Gloire du Verbe

1885-1890

La Gloire du Verbe

8° Ye
2660

Tirage à petit nombre dont quelques exemplaires sur Japon et sur Whatman

PIERRE QUILLARD

LA
Gloire du Verbe

1885-1890

BIBLIOTHÈQUE [illegible]

PARIS
LIBRAIRIE DE L'ART INDÉPENDANT
11, RUE DE LA CHAUSSÉE D'ANTIN, 11

1890
Tous droits réservés

(C.)

A LA MÉMOIRE

DE

MON AMI EPHRAIM MIKHAEL

TABLE

La Gloire du Verbe

A Camille Bloch.

[illegible]

[illegible]

LA GLOIRE DU VERBE

I

Une nuit langoureuse et sereine enveloppe
D'un cercle de lapis ouvré de roses d'or
Les barques, essaim las de cygnes sans essor,
Les palmiers, les canaux, les plaines et Canope ;

Et des flambeaux pareils à des soleils couchants
Illuminent la soie et les gemmes persanes
Tandis qu'au rire aigu des jeunes courtisanes
Les nefs, lourdes d'amour, glissent avec des chants.

Les esclaves courbés effleurent de leurs rames
Les papyrus géants teints de brèves clartés
Et l'eau lente roulant des flots de voluptés
Où se mirent les yeux et les seins nus des femmes.

Mais non loin, sourd au bruit sacrilège que font
Les voix des matelots, les flûtes et les harpes
Le guérisseur voilé de ses triples écharpes
Ossar-Hapi sommeille en son temple profond.

Et de vagues lueurs éparses sur les dalles
Eclairent tristement de leurs reflets confus
Les suppliants couchés auprès des grêles fûts
En un amas hideux de chairs et de sandales.

Seul debout dans sa force et sa beauté, parmi
Les pèlerins perclus de maux, rongés d'ulcères,
Mais tel que le géant déchiré par les serres
Du vautour, un Hellène orgueilleux et blêmi

Evoque sans trembler le prince du mystère :
« O maître, hôte caché du sanctuaire, ô Roi,
Vierge d'étonnement puéril et d'effroi,
J'ai connu tous les dieux du ciel et de la terre,

Atroces et cléments, magnifiques et laids
Et j'ai prié selon l'ordonnance des rites

Près du fleuve farouche où chantent les lychnites
Dans la splendeur des clairs de lune violets

Et là-bas, où les daims paissent la mousse rase
Sous les neiges de la fabuleuse Thulé,
J'ai lu le sort écrit dans l'azur constellé
Par les nuits qu'une aurore inoubliable embrase ;

Mais nul n'a dit le mot que j'ai cherché longtemps
Et qui me guérirait des angoisses de l'âme :
Parle, sinon la mort prochaine me réclame
Et l'horreur d'ignorer me consume : j'attends. »

II

Alors des profondeurs et des ténèbres saintes
Comme un jeune soleil sort des gouffres marins,
Blanche, laissant couler des épaules aux reins
Ses cheveux où nageaient de pâles hyacinthes,

Une femme surgit : son manteau radieux
Revêtait son beau corps d'une pourpre vivante ;
Des abîmes d'amour, de joie et d'épouvante
Où sombrerait l'esprit des hommes et des dieux

S'ouvraient terriblement dans ses larges prunelles
Et les villes, les champs, les cimes, les deserts,
La mer prodigieuse et l'infini des airs
Semblaient se réfléchir et disparaître en elles ;

Et lorsqu'elle parla son ineffable voix
Unissait aux échos des lyres et des sistres
Le souffle des baisers et les râles sinistres
De la haine et le bruit des vagues et des bois :

« Marcheur pensif, enfant prédestiné qui nies,
Les songes et l'espoir de ton cœur puéril,
Tu vas, émerveillé des floraisons d'avril
Et des soirs frissonnant de calmes harmonies ;

Tu regardes avec des tendresses d'amant
Les nuages légers ouvrir leurs ailes closes
A l'aube, et comme un vol de flamants blancs et roses
S'élever dans les champs du ciel éperdument ;

Volontaire captif de l'éternelle Omphale
Tu parles bas aux Vierges chastes et tu sais
Faire chanter aux corps ardemment enlacés
Des hymnes inouïs d'impudeur triomphale ;

Ton esprit altéré de désirs immortels
Epuiserait encor la coupe des prières

Ta parole dément tes attitudes fières
Et tu t'es prosterné devant tous les autels.

Mais toujours au milieu de tes extases vaines
Le mensonge des dieux et des lèvres te point
Et tu verses, déçu d'aimer ce qui n'est point,
Tous les pleurs de tes yeux et le sang de tes veines.

Si tu n'étreins que des chimères, si tu bois
L'enivrement de vins illusoires, qu'importe ?
Le soleil meurt, la foule imaginaire est morte
Mais le monde subsiste en ta seule âme : vois !

Les jours se sont fanés comme des roses brèves,
Mais ton Verbe a créé le mirage où tu vis
Et je nais à tes yeux de tes regards ravis
Et je garde à jamais la gloire de tes rêves. »

La forme s'effaça, la parole se tut,
Et délivré du poids antérieur des chaînes,
L'homme plana plus haut que les heures prochaines
Et comme tout, canaux, cité, temple abattu

S'enfonçait lentement dans la brume amassée
Sur le fond ténébreux des êtres et des temps,
Pure clarté, pistils de rayons éclatants,
Il vit s'épanouir la fleur de sa pensée.

Les Mythes

A Marcel Collière.

L'AVENTURIER

A Charles Andler.

Là-haut, temple ou palais dressé sur la colline,
Un amoncellement de blocs prodigieux
Monte : des chiens de bronze aux yeux de cornaline
Hurlent aux quatre vents, la gueule vers les cieux.

Les murs massifs, coupés de portes métalliques,
Sont écaillés de cuivre et peints de vermillon ;
Au faîte, le soleil frappe de feux obliques
Un étendard taillé dans la peau d'un lion.

Pacifiques, devant la demeure farouche,
Des rosiers rouges et des lys parent le bois

Où passe, inoffensive aux roses qu'elle touche,
L'enfant belle à dompter les héros et les rois.

Le calme lumineux du jour mourant caresse
L'enfant grave : elle glisse entre les nobles fleurs
Avec des gestes lents d'idole ou de prêtresse
Qui n'a jamais connu le rire ni les pleurs.

Elle va, contemplant de ses larges prunelles
Les vagues de forêts qui ferment l'horizon
Et le val où le soir vêt d'ombres solennelles
Le maître hérissé d'une horrible toison.

C'est son père, tueur de bœufs, ployeur de chênes ;
Embusqué tel qu'un fauve aux aguets, il attend
Les voyageurs qui vont vers les cités prochaines
Et fait craquer leurs os en ses doigts de Titan.

Puis il revient, tranquille, après chaque tuerie,
Courbé sous le butin comme un roi triomphant,
Et tandis que les morts saignent dans la prairie
Suspend de lourds colliers au cou de son enfant.

Maintenant une nuit de lune, froide et claire,
Découpe le profil des monts sur les chemins :
Le meurtrier fatal, sans haine et sans colère,
Ecoute s'approcher un bruit de pas humains.

Et voici qu'au détour de la route moussue
Apparaît, radieux sous l'armure qui luit,
Un guerrier casqué d'or qui porte une massue
Et dont le manteau rouge illumine la nuit.

Le Tueur, allongé dans la broussaille épie,
Le Héros dédaigneux en marche vers la mort ;
Mais celui-ci, clamant vers la muraille impie,
Réveille les échos de la forêt qui dort :

« Je suis venu ; hors du repaire, ô vainqueur d'hommes !
Si tu fuis devant moi je dirai que tu mens ;
Mais tu mériteras le nom dont tu te nommes
Si tu peux m'étouffer dans tes embrassements. »

— « Soit ! ta bouche saura la saveur de la terre. »
Et l'antique lutteur se dresse avec ennui

Pour écraser d'un coup de poing et faire taire
L'éphèbe aventureux qui parla devant lui.

Ils se prennent, poitrine unie et chair mêlée,
Groupe tumultueux de râles et de cris :
L'enfant calme regarde, au fond de la vallée,
Le meurtre habituel du haut des monts fleuris.

Elle voit seulement se mouvoir dans la plaine
L'ombre du double corps et des torses jumeaux
Et sûre du vainqueur, s'enivre avec l'haleine
Des parfums langoureux épars sous les rameaux.

Mais tout à coup, après une clameur sauvage,
Ses impassibles yeux se ferment de terreur :
Comme un bœuf abattu dans le natal herbage,
L'invincible est couché sous le jeune lutteur.

Et le guerrier sanglant, par les pentes ardues,
Monte vers le jardin: « Vous serez apaisés,
O morts, je vengerai vos âmes éperdues
Et la victime est belle et vierge de baisers.

O morts, je vais tuer dans la Fille maudite
Les exécrables fils qui naîtraient de ses flancs. »
Il dit et vient, hagard du meurtre qu'il médite
Et l'Enfant parle aux fleurs et tend ses bras tremblants :

« L'Homme vous briserait avec ses mains brutales,
Roses que je laissais fleurir et défleurir ;
Un arôme puissant monte de vos pétales,
Vos parfums sont trop doux pour que j'aime à mourir.

Ma chair frissonne ; sauvez-moi, fleurs protectrices.
O lys, lys glorieux que je n'ai pas cueillis,
Je voudrais me cacher dans vos étroits calices
Et refermer sur nous le voile des taillis.

Au moins, versez en moi vos senteurs : que j'emporte
Dans le morne pays vos baumes précieux,
O fleurs qui renaîtrez lorsque je serai morte,
Fleurs, éternelles fleurs, fleurs égales aux dieux ! »

Elle murmure encor des mots et des prières
Mais le vainqueur, surgi des âpres escaliers,

Traîne par les cheveux l'Enfant dans les clairières
Et fait boire son sang aux roses des halliers.

« J'ai tué le Brigand et la Magicienne,
L'œuvre est bonne : luisez sur ma route, astres purs ! »
Et l'Ephèbe drapé dans la pourpre ancienne,
Se hâte dans la nuit vers les monstres futurs.

LE BOIS SACRÉ

A Lucien Lévy.

I

Resplendissante, au pied du mont mystérieux,
La troupe formidable et blonde des guerrières
Gardait, la lance au poing, les farouches clairières
Et la forêt terrible où sommeillent les dieux.

Et tous venaient vers la ténébreuse vallée
Sous les casques de bronze et les boucliers ronds,
Vêtus de fer et d'or par de bons forgerons,
Tous les héros, épris de gloire inviolée.

Frappant le ciel muet de sauvages clameurs,
Tous par les nuits, par les matins, par les vesprées,

Ils venaient au galop des licornes cabrées :
« Nous verrons votre face, exécrables semeurs

Des désirs, des baisers et des larmes humaines ;
O voyageurs hagards qui hurlez dans le vent,
Nos bras étoufferont votre souffle vivant
Et nous tuerons en vous nos amours et nos haines.

Si vous ne craignez pas nos glaives, approchez :
Votre rire cruel insulte à nos misères.
O vautours, nous irons vous prendre dans vos aires,
O loups, nous forcerons vos repaires cachés ! »

Tous se ruaient : là-haut, sous les sombres ramures,
Les calmes dieux semblaient immobiles et sourds.
Mais brandis par les mains des guerrières, toujours
Des javelots stridents vibraient sur les armures.

*

Et les héros, vainqueurs de monstres, les tueurs
Des dragons enflammés, des hydres et des stryges
Roulaient honteusement broyés sous les quadriges.
Leurs yeux mi-clos rougis de mourantes lueurs

Se tournaient vers les seins des prêtresses complices
Qui méprisant leurs cris et leurs râles derniers,
Joyeuses, bondissaient sur les rauques charniers
Et tendaient vers le ciel leurs mains triomphatrices.

II

Or le tumulte des batailles, ce jour-là,
Se tut comme la mer pendant les accalmies.
Sur les corps mutilés et sur les chairs blêmies
Le flot d'une ineffable aurore s'étala.

Un grave chant porté par le souffle des brises
Montait de l'Orient lumineux et charmait,
Epars autour des bois et du divin sommet,
Le cœur moins furieux des guerrières surprises :

Et l'Aède parut couronné de cyprès ;
Sa lyre se voilait de tristes asphodèles
Et douloureusement les cordes immortelles
Pleuraient un chant d'amour, de deuil et de regrets.

« M'entends-tu dans le noir abîme, ô chère morte,
Irrévocable fleur qu'un vent cruel emporte ?

O lumière, comme une étoile qui s'enfuit,
Ne briseras-tu pas les chaînes de la nuit ?

O sœur des soirs taillés dans de larges opales,
Où sont tes cheveux d'ombre, où sont tes lèvres pâles ?

Vous qui l'avez ravie, ô dieux, je viens à vous
Rendez l'épouse absente aux baisers de l'époux.

Je vous ai célébrés dans mes strophes pieuses
O maîtres qui siégez aux cimes merveilleuses :

Mais les rhythmes naissaient de ses rires : rouvrez
Les sources de l'amour et des hymnes sacrés. »

Les guerrières des dieux écoutaient comme en rêve
Le doux profanateur en marche vers les bois.
Il passa ; les chevaux s'écartaient à sa voix
Et sa chair dédaignait la morsure du glaive.

Autour de lui, le vol des flèches susurrait
Comme un essaim vaincu d'abeilles bienveillantes
Et sans ouïr les cris des vierges effrayantes
L'Aède pacifique entra dans la forêt.

III

Eperdument, par les silencieuses sentes,
Il allait ; ses regards épiaient les fourrés
Taciturnes : sous les rameaux enchevêtrés,
Nulle apparition de chairs éblouissantes.

L'ombre informe, le noir silence, des parfums
Sauvages d'herbe fraîche et de fleurs surannées
Et confondue avec les sèves déchaînées,
L'innombrable senteur des automnes défunts.

Il allait ; nulle voix effroyable ou charmante
Ne répondait, nul bruit de fête ou de combats :
Seul, dans les antres, sous le ciel, ici, là-bas,
Le frisson fauve de la terre qui fermente.

Semblables au monceau des feuilles sous ses pas,
Ses rêves, ses désirs, ses douleurs, ses pensées
Tombaient en tournoyant dans les bises glacées
Et l'Aède comprit que les dieux n'étaient pas.

Il perdit, se vouant aux stupides épées,
L'orgueil d'être vaincu par un maître inclément,
Comme les héros morts frappés en blasphémant
Ivres d'un puissant vin de gloire et d'épopées.

Et depouillé du fier rêve des dieux jaloux,
Il brisa pour jamais les cordes tutélaires
Et descendit vers les clameurs et les colères
Ainsi qu'un chasseur las se livre aux crocs des loups.

IV

L'homme fut déchiré par les vierges sanglantes ;
La bouche d'où sortaient les paroles de miel
Se tut. La nuit sereine enveloppa le ciel
Et recouvrit les morts d'ombres indifférentes,

Tandis que défendant le mont mystérieux
La troupe formidable et blonde des guerrières
Gardait, la lance au poing, les menteuses clairières
Où triomphe toujours le mirage des dieux.

LES CAPTIFS

A Leconte de Lisle.

I

Un sage, descendant de cimes inconnues,
S'en allait autrefois par le pays d'Assour,
Et la mystérieuse aurore d'un grand jour
Empourprait, à sa voix, le jardin blanc des nues.

Les peuples le suivaient et ne comprenaient pas
Quels dieux, accompagnant la marche du prophète,
Candidement semaient dans les villes en fête
Des lys miraculeux et calmes sous ses pas.

Mais tous buvaient le miel divin de ses paroles,
Le miel fait de parfums et de baumes puissants,
Forts comme la senteur éparse de l'encens,
Doux comme la senteur éparse des corolles.

Pour s'enivrer des mots que sa bouche versait,
Les laboureurs quittaient le manche des charrues,
Et parmi la clameur des foules accourues
Le Voyant pacifique et sublime passait.

Désormais, dédaigneux des apparences brèves
Et des illusions passagères, fermant
Leurs yeux purifiés à la clarté qui ment,
Les hommes ouvraient l'âme à la splendeur des rêves.

II

Le roi, las des lions traqués dans les filets,
Las des buffles saignant sous la grêle des flèches,
Las des femmes aux chairs odorantes et fraîches,
Fit amener vers lui cet homme en son palais :

« Vieillard, évocateur des merveilles du songe,
« Jongleur qui fais surgir, devant les yeux humains,
« Dans la poussière impure et vile des chemins,
« Des visions de paix, de gloire et de mensonge,

« Vieillard, évocateur des merveilles du ciel,
« Toi qui règnes — là-bas — au pays du mystère,
« Mon cœur royal déçu par l'horreur de la terre
« Aspire à la beauté du monde essentiel.

« Tel que le cri plaintif des tigres dans les fosses
« Vient à nous à travers les cloisons de la nuit,
« J'entends sourdre en moi-même un lamentable bruit
« Malgré le mur d'airain des apparences fausses.

« O vieillard, fais tomber les mauvaises cloisons,
« Montre-moi la campagne et les arbres des plaines
« Et les fleuves d'azur roulant à vagues pleines
« Vers le gouffre sans fin des vierges horizons. »

Mais l'homme d'une voix tranquille : « Que t'importe,
« O roi des rois, seigneur des mondes, fils des dieux,
« Qui marches revêtu de pourpre et radieux,
« La rumeur entendue au-delà de la porte ?

« O maître, que veux-tu de la terre et des cieux ?
« Si je t'ouvre la source antique de la vie,
« Je n'apaiserai pas ta soif inassouvie,
« Et ton esprit d'orgueil n'en croira point tes yeux ! »

— « Voilà beaucoup de mots inutiles, prends garde :
« Ta tête pourrait choir d'un coup prématuré. »

Et l'homme répondit : « C'est bien. J'obéirai :
« Roi qui veux voir le fond de l'abîme, regarde. »

Hors du temps, hors du lieu, faite de pur granit,
Enserrant l'univers de ses noires murailles,
Rauque d'un monstrueux râle de funérailles,
Une immense prison montait dans l'infini.

Au milieu de la geôle effroyable, les villes
S'étageaient sous le deuil des cieux ; un flamboiement
D'astres sombres luisait épouvantablement
Sur les rois, sur les dieux, sur les foules serviles.

Mais une lueur d'aube emperlait l'Orient
De magiques rayons et d'étincelles blondes :
Les hommes nés depuis la naissance des mondes
Se ruaient vers l'espoir du soleil en criant.

Ils allaient, éperdus et fauves ; les armées
Se heurtaient sous le vol sinistre des vautours ;
Et les blocs de rochers pleuvaient des hautes tours,
Et les ailes du feu nageaient dans les fumées.

Les chefs vainqueurs, avant le rouge lendemain,
Offraient aux dieux d'en-haut les victimes tuées
Et dressaient vers la cime errante des nuées
Des palais effrayants tendus de cuir humain.

Sourds aux tumultes, sourds aux luttes, mains unies,
Regards ravis d'extase et d'éblouissements,
Des couples enlacés de femmes et d'amants
Passaient, dans un concert de tendres harmonies :

Des pétales de fleurs apportés par le vent
Tourbillonnaient vers eux dans l'ombre des yeuses :
— Et tous, couples d'amour et hordes furieuses,
Marchaient, marchaient toujours vers le soleil levant.

Mais l'aube désirée et les futures gloires
De clartés décevaient leurs risibles efforts,
Et, mourant vainement pour renaître, les morts
Poursuivaient à nouveau les astres illusoires.

La même nuit baignait l'éternel horizon,
Et de ceux qui vaguaient dans la geôle des choses

Et tâchaient à s'enfuir de leurs cavernes closes,
Aucun ne s'évadait de la morne prison.

Seuls, les sages tuaient la volonté de vivre.
Aveugles aux lueurs que nul ne peut saisir,
Ils gagnaient, affranchis des chaînes du désir,
Le néant ineffable et la mort qui délivre.

Bienheureux qui savaient la fatigue des pas,
Bienheureux qui savaient le mirage des astres,
Bienheureux qui savaient la vie et les désastres :
Ils s'endormaient un jour et ne renaissaient pas.

III

« La vision, vieillard, est morne et ridicule :
Tu mourras. » Et le roi Nabou-Koudour-Oussour,
Très juste, fit clouer au faîte d'une tour
La tête qui saignait dans l'or du crépuscule.

LES YEUX D'HÉLÈNE

A Marcel Proust,

Qualis futuris Helene jam digna palestris
Inter amyclaeos reptabat candida fratres.
(P. Statius.)

La native blancheur du cygne paternel
Vêt de neige le corps adorable d'Hélène,
Et l'eau du fleuve bleu qui glisse dans la plaine
Baigne ses yeux d'enfant profonds comme le ciel.

Elle va : ses regards de déesse ingénue
Que jamais la tristesse impure n'a troublés
Errent nonchalamment sur les flots blonds des blés,
Et les hommes pensifs tremblent à sa venue.

Elle évoque l'horreur future des destins
Et verse le frisson des luttes fatidiques

Aux guerriers à venir assis sous les portiques,
Dont les yeux éblouis suivent ses pas lointains.

L'effroi religieux issu de ses prunelles
Ardentes d'incendie et de fauves clartés
Saisit étrangement les cœurs épouvantés
Et pleins de visions sombres et solennelles.

Passe, vierge terrible au col souple et nerveux :
L'inexpiable sang pour les siècles macule
Ton front clair comme un jour d'été sans crépuscule
Et la mort des héros surgit de tes cheveux.

Passe, reine d'amour, semeuse de désastres,
Dans ta robe de gloire et de sérénité,
Et vois fleurir les deuils autour de ta beauté,
Sous tes regards pareils aux rayons froids des astres

Tu brilles dans la nuit des âges révolus
Et les derniers amants des formes triomphales
Contemplent au-delà de l'ombre et des rafales
Tes yeux dont la splendeur ne s'abolira plus.

SCHAOUL

A Rodolphe Darzens.

I

En ces jours, Elohim lui refusant son ombre,
Schaoul, enfant de Qisch, était semblable au mort
Délaissé, que la dent des bêtes fauves mord
Et les esprits du mal rongeaient son âme sombre.

Il errait à travers les routes d'Israël
Poursuivi sans repos par la meute tenace
Et d'âpres aboiements de haine et de menace
Hurlaient autour de lui dans l'abîme du ciel.

Rien ne transfigurait ses mornes destinées
Nulle trève : ni les paroles des nabis
Ni la chair des beliers ni la chair des brebis
N'écartaient de son cœur les gueules forcenées.

Et même dans la fête heroïque du sang,
Quand les vaincus après les sauvages victoires,
Montaient vers le Très-Haut en feux expiatoires,
Les crocs inassouvis lui déchiraient le flanc.

Alors on fit venir vers le roi taciturne
David de Bethléem, le joueur de kinnor,
Dont l'incantation charmait les astres d'or
Tandis que ses troupeaux paissaient l'herbe nocturne,

Et comme les chacals rentrent aux creux des monts
Quand le veneur paraît sur les rocs granitiques,
Mêlant sa voix d'enfant aux cordes prophétiques
David, plein d'Iahveh, chassa les noirs démons.

II

Homme, Schaoul des temps infinis, saigne et pleure :
Les carnassiers hideux suivent sur ton chemin
La trace de tes pas, hier, aujourd'hui, demain
Toujours : le changement de la forme et de l'heure

N'écartera jamais la horde des ennuis
Et tu te traîneras dans l'horreur sans limite
Sans ouïr le Kinnor et le Béthléémite
Qui te ferait des jours pareils aux belles nuits

RESSOUVENIR

à Mario de la Tour de Saint-Ygest.

Cet homme etait venu vers le Maître des pleurs
Oubliant pour le Christ les lyres et les roses,
Comme un vendangeur las qui de ses mains décloses
Laisse choir les raisins et les grappes de fleurs.

Il avait délaissé pour les routes d'épines
Les portiques de marbre auprès des flots marins.
Sous le cilice dur qui lui mordait les reins,
Il marchait loin du jour vers les ombres divines.

Or il vivait au fond des bois mystérieux,
Suivi par un troupeau de bêtes familières,
Et des oiseaux volaient autour de ses prières
Et des rêves de ciel illuminaient ses yeux.

Mais toujours, tel qu'un vol blond d'abeilles essaime
Et retourne en vibrant aux ruches d'autrefois,
Par les soirs langoureux chargés des douces voix
Et des parfums charnels que le Mauvais y sème,

Son âme s'envolait vers les jours révolus :
L'ancien verbe d'amour caché dans l'Evangile
Faisait fleurir au bois les nymphes de Virgile
Et des faunes lascifs montraient leurs fronts velus.

GOETTERDAEMMERUNG

A la comtesse Jane.

Heil, siegendes Licht.

Siegfried, astre évadé des ombres transitoires,
Soleil épanoui dans l'azur de la mort,
Avec ta chair, la gloire humaine de l'effort,
S'abîmait dans le deuil des suprêmes victoires.

Mais tels que le granit usé des promontoires,
Que l'assaut de la mer tempétueuse mord,
Les dieux irradiant dans les glaces du Nord
Attendaient lâchement les jours expiatoires.

Le héros, sur les fleurs sanglantes du bûcher,
Semblait sortir des couchants mornes et marcher
Dans l'auréole d'or des flammes triomphales.

Tandis qu'en un torrent de splendeur et de bruit
Flagellé par le vol sinistre des rafales
Le Palais merveilleux s'écroulait dans la nuit.

LA FILLE AUX MAINS COUPÉES

Mystère

A Maurice Peyrol.

PERSONNAGES

La jeune fille.
Le poète roi.
Le chœur d'anges.
Le père.
Le serviteur.

L'action se passe n'importe où et plutôt au moyen âge.

Dans la chambre silencieuse, où flotte par les vitraux glauques la soie resplendissante de l'aurore, LA JEUNE FILLE *est agenouillée et prie en sa blancheur adorable de lys.*

Le large bliaud damassé, broché de calices d'argent, qui neige sur sa poitrine et l'étoile, est à peine agité par le souffle du corps pâle sculpté dans un marbre vivant.

Elle lit dans le lourd missel, incrusté de joailleries, mais d'une voix si basse qu'elle semble un frôlement somptueux d'étoffes que froissent dans l'éther des princesses lointaines.

Elle laisse tomber le livre et les yeux tournés vers un Christ, exsangue sur un ciel ensanglanté, elle clôt ses lèvres entr'ouvertes et se prend à prier des rêves sans paroles.

O Jésus, écartez les griffes du Malin.

Les anges de saphir dorment dans le vélin ;
Les graves lettres d'or pèsent aux ailes blanches ;
La colombe du ciel s'englue après les branches,
Et la prière est prise au piège des versets.

O livre, le parfum sacré que tu versais
Vaut moins, pour le Sauveur et pour ses mains percées,
Que l'inappréciable encens de mes pensées.

Mon bien-aimé, mêlés à vos élus divins,
Mes rêves purs, avec le chœur des Séraphins,
Allégés du fardeau des paroles antiques,
Mes rêves ont chanté plus haut que les cantiques ;
Et quand mon âme, un jour, s'évadera du corps,

Je volerai dans les Splendeurs et les Accords.
Faits de flamme subtile et de claire harmonie,
Et je rayonnerai dans la gloire infinie,
Autour du front terrible et charmant de l'Epoux.

O monde, ô vie, ô sens, évanouissez-vous !

Car, là-haut, par delà les ténèbres premières,
Dans l'éclat des concerts et la voix des lumières,
Impérissable, dans le nimbe de l'Amant,
La chair immaculée arde éternellement.

Baignée d'une musique surhumaine, elle entend comme en elle-même :

UN CHŒUR D'ANGES

Enfants, les cieux songés, blancs de lys et de vierges
Plus blêmes que la cire odorante des cierges,
Et les jardins semés d'étoiles, les sommets
D'hermine chaste et de candeurs impolluées
Mirés aux lacs où vont les cygnes des nuées,
Enfant, les cieux songés seraient clos à jamais.

Arrière, le troupeau neigeux d'immaculées !
Vers l'amoncellement des glaces reculées,
Les rouges Kéroubim vous repoussent du seuil
Eblouissant : les crins de votre âpre cilice
Vous sont une moelleuse et royale pelisse :
Votre virginité n'est ivre que d'orgueil.

Arrière ! le blé mur épars des Madeleines ;
Epars sur les pieds nus avec les urnes pleines,
Brûle seul dans la sainte auréole de feu.
Dans le brasier de Christ, avivé de colères,
Vous fondriez, ô froides fleurs des soirs polaires
Qui ne parfumez pas les hommes avant Dieu.

Lorsque le Rédempteur eut brisé les statues
D'autrefois, parmi les colonnes abattues,
Il laissa reverdir, seul d'entre les Maudits,
Erôs, et lui donna pour royaume la Terre :
Immortelle, la soif des lèvres vous altère,
Et l'enfer des baisers vaut notre paradis.

Va ! l'Olympe aboli revit dans votre race ;
La meute des désirs vous poursuit à la trace,

Et vous n'évitez pas les flèches de l'Archer.
Prends garde d'oublier les cieux songés, ô vierge :
L'amour à l'horizon de ta jeunesse émerge ;
J'ai vu, dans l'Orient, l'invincible marcher.

LA JEUNE FILLE *éperdue des paroles ouïes et béante d'horreur mystique invoque, en balbutiant, Madame Marie qui sourit, doucement couronnée d'astres, au fond d'une fresque byzantine, et des cimes de l'azur tend les mains vers un vol d'âmes en peine :* VENITE AD ME DILECTÆ MEÆ.

Je ne sais plus si c'est mon rêve que j'écoute,
Ou si la source en moi s'infiltre goutte à goutte
Qui ruisselle des luths et des psaltérions,
Et si j'entends le Diable ou les Anges. Prions.

Tueuse du serpent, Reine du bleu stellaire,
Le dérobeur d'épis maraude autour de l'aire :
Le voleur d'âmes vient des abîmes et fuit :
Chassez le tentateur et le rôdeur de nuit.

Tandis que s'égrènent les litanies, un fracas assourdi d'armures irradiées glisse lentement, entre les tentures héroïques où s'enchevêtrent de furieuses mêlées.

LA JEUNE FILLE, *éveillée en sursaut des prières, se lève frissonnante vers* SON PÈRE *et le guerrier convulsif brûle ses mains de caresses, de caresses incestueuses et brutales.*

Et l'enfant haletante s'arrache des baisers sacriléges. Elle va jusqu'à la grand'salle où le SERVITEUR *courbé fourbit les larges glaives et les panoplies.*

LA JEUNE FILLE

Vieillard, j'ai ma pensee entière. Prends l'épée
De justice, l'épée infaillible, trempée
Sept fois dans le Saint-Chrême et le feu baptismal
Et que ne souille pas, comme l'homme, le Mal
Originel. Saisis la Purificatrice
— Si ton bras est rongé d'ulcères, qu'il périsse !
A dit le Maître dont m'attendent les hymens ; —
Et lave aux flots d'acier rougi, tranche mes mains !

LE SERVITEUR

O ma fille, vos mains sont des corolles fines ;
Vos mains sont un bouquet de jeunes aubépines ;
L'haleine du printemps souffle de votre chair :
Je ne moissonne pas les fleurs avec le fer.
Vous délirez.

LA JEUNE FILLE

Tais-toi ; l'ulcère des caresses
Inexpiables, mord ma chair et fond mes graisses.
Obéis, sans l'horreur mortelle des aveux :
L'effroi te briserait les oreilles.

La main levée en un geste terrible :

Je veux.

Et la volontaire martyre pose sans trembler ses mains jaillissant des manches sur une table de porphyre aux mosaïques de chimères.

Ses yeux fixes ne clignent pas à l'éclat bleu du glaive brusque s'abattant, qui verse aux bêtes héraldiques des gouttes soudaines de pourpre.

Et, brandissant dans la pénombre les deux torches jumelles des bras mutilés, elle fait prendre une aiguière de cristal enchemisé d'or.

Epouvantable et radieux, un double nénuphar aux tiges d'écarlate flotte dans une écume rose de grappes d'Orient foulées.

Oh ! le vase lustral où l'âme se lava !
Va-t'en porter l'aiguière à mon bon père. Va.

II

Maintenant une foule confuse bruit près de la mer flagellée par le vent du Nord. Dans une frêle nef, sans rames ni voilure, LE PÈRE *a fait étendre* LA JEUNE FILLE *surnaturelle, enveloppée dans un linceul de lin grossier. Elle regarde obstinément le ciel d'orage.*

LE PÈRE

Ma fille, vos péchés, commis dans ma maison,
Ont fait s'enfuir les tourterelles du blason.
Endormis dans la nuit tombale, clos en elle,
Les morts ont tressailli de votre ardeur charnelle.
Donc je dois, réprimant pleurs lâches et sanglots,
Vous confier, vivante, à la douceur des flots.
Nous prierons, gens des bourgs et manants de campagne,
Afin que la bonté de Dieu vous accompagne.

Allez ! au nom de la Très Sainte Trinité,
Et que Jésus vous prenne en votre eternité.

Mais la barque n'est pas engloutie par les gueules fauves de l'abîme. Elle s'efface, poussée par les haleines pacificatrices d'invisibles archanges. Les gerbes fauchées des houles vertes dorment sous un soleil d'accalmie, et LA JEUNE FILLE, *affranchie par l'extase, contemple des visions vagues et des formes.*

Dans le lilas de leurs rosaces vespérales,
Je vois s'épanouir, là-haut, des cathédrales.

Une poussière d'astre irise les parvis
Et les arceaux sortent des dalles de rubis.

Dans l'espace des nefs sans limites, lamées
D'azur, des encensoirs effeuillent des fumées.

Dans le frisson de leurs échos multipliés,
Des sons inentendus ébranlent les piliers.

Le voile rejeté d'un fulgurant coup d'aile,
Le Tabernacle inaccessible se révèle.

Et lorsque l'Ostensoir éphémère me luit,
La robe du soleil semble teinte de nuit.

Seigneur Dieu, l'appétit des vagues me réclame
L'aumône de mon corps est faite. Cueillez l'âme.

Dans son ravissement mystique, LA JEUNE FILLE *se croit morte. Serait-ce que la barque aborde aux rives vertigineuses du Paradis, où des couples célestes glissent dans une aube d'opales fluides.*

Elle regarde émerveillée, sous une étoffe de la lumière, au lieu des tronçons effroyables, la fraîcheur blonde de SES MAINS RESSUSCITÉES *et d'où s'exhale une senteur de ruches prochaines et de miel.*

Des enfants, vêtus de tuniques multicolores et légères lui font un triomphal cortège et, prise dans des rêts de charmes surhumains, elle marche au milieu des hymnes étranges. Hymen ! Hymenaee !

Hymen ! Hymen ! Hymenaee ! Au faîte des monts d'hyacinthe, un palais de prodige monte, marmoréen, vers les nuages violets. Elle gravit les escaliers, gardés par des sphinges immobiles.

Hymen ! Hymen ! Hymenaee ! Au seuil glorieux des demeures, souriant idéalement dans l'ombre dénouée de sa chevelure, LE POÈTE-ROI *vient vers elle sous son manteau de pourpre lyrique.*

Et les enfants ont disparu ; dans une salle de féerie, portée par des cariatides, sur l'or roux des lions tués, LA JEUNE FILLE *s'abandonne à la volupté des caresses. Hymen ! O hymen !*

LA JEUNE FILLE

Doux initiateur de l'âme en quelle sphère
Plus lointaine, Jésus, l'Esprit, et Dieu le Père,
Dans leur unité triple, infinis et sereins,
Attendent-ils le chœur des élus, pèlerins
Joyeux et jamais las d'un Temple que j'ignore,
Qui s'envolent de l'ombre ancienne vers l'Aurore.
Emmène-moi par les Edens et les Sions,
Toi qui sais les chemins de constellations.

LE POÈTE-ROI *saisit la grande Lyre et sous le plectre, les cordes de brebis vibrent dans l'écaille de tortue transparente.*

Avant la Terre, avant les Jours et les Années,
L'Immuable a pétri nos chairs prédestinées.

J'ai trompé mon ennui par la lyre, et j'attends
Tes seins qui m'appelaient de l'abîme des temps,

Et mes yeux, emperlés d'une angoisse inconnue,
Mes yeux cherchaient tes yeux nocturnes dans la nue.

Parfois, dans le brouillard chantant de la forêt,
Une fée illusoire éclôt et disparaît :

Dis-moi que tu n'es pas l'ombre vaine d'un rêve,
O fille de la mer et de l'écume brève.

Dis-moi qu'avant la tombe et nos corps révolus,
Le flot de tes baisers ne se tarira plus.

Je ferai vivre par-delà les étendues
Ton nom sanctifié dans les cordes tendues.

Et tu vaincras par la gloire de tes beautés.
Les nymphes de l'Hellas et les Divinités.

Parle, et tu chasseras de la memoire humaine
La Vénus Italique et l'Anadyomène.

Je traquerai leurs souvenirs tels que des loups,
Et Christ reconnaissant se penchera vers nous.

LA JEUNE FILLE

O Chanteur, je ne sais quel décevant mystère
Me rappelle du ciel entrevu vers la terre.
Ton regard me repousse et m'attire. Va-t-en,
Car je me damnerais peut-être en t'écoutant.

Dans son indicible douleur, LE POÈTE-ROI *jette la Lyre qui se brise en un lamentable sanglot et le cri des fibres est si déchirant que* LA JEUNE FILLE *tremblante d'effroi et d'amour revient vers le royal Désespéré, comme résignée, aux flammes d'une imminente géhenne. Pendant qu'ils sont enlacés,* UN CHŒUR D'ANGES, *entendu jadis, effleure leurs oreilles extasiées.*

Ecarte le conseil de tes mauvaises craintes.
Le Seigneur t'a rendu des mains pour les étreintes,
Fais à l'amant royal le don de ton orgueil.
Va ! laisse le troupeau neigeux d'immaculées ;
Vers l'amoncellement des glaces reculées,
Les rouges Kéroubim les repoussent du seuil.

Aimez-vous ! le blé mûr épars des Madeleines,
Epars sur les pieds nus avec les urnes pleines,

Brûle seul dans la sainte auréole de feu.
Dans le brasier de Christ, avivé de colères,
Vous fondriez, ô froides fleurs des soirs polaires,
Qui ne parfumez pas les hommes avant Dieu.

Lorsque le Rédempteur eut brisé les statues
D'autrefois, parmi les colonnes abattues,
Il laissa reverdir, seul d'entre les Maudits,
Erôs, et lui donna pour royaume la Terre :
Immortelle, la soif des lèvres vous altère,
Et l'enfer des baisers vaut notre paradis.

LA PEUR D'AIMER

A José Maria de Hérédia.

La Bête monstrueuse et le bon Chevalier
Ont lutté tout le jour : le dragon mort distille
Un suprême venin sur le sable infertile,
Et le triomphateur entre dans le hallier.

Il va, les yeux hagards d'un songe familier :
Là-bas, le palais d'or miraculeux rutile
Et la Princesse rêve, en sa grâce inutile,
A l'amant inconnu qui la doit éveiller.

Mais lorsque le vainqueur de l'hydre et des licornes
Vit, après le bois sombre et les escaliers mornes,
La vierge aux cheveux blonds comme un soleil d'Avril

Dans la jeune splendeur de sa puberté mûre,
L'angoisse de l'amour mordit son cœur viril
Et sa chair de héros trembla, sous son armure.

LE PRINCE D'AVALON

A Henri de Régnier.

Et le prince vivait dans l'île d'Avalon.
Des parterres de fleurs caressaient ses prunelles ;
Les calices des lys s'ouvraient en ce vallon
Eperdument vers les étoiles fraternelles ;

Les paons constellés d'yeux luisaient sous les halliers
Or mobile, tremblant saphir, vivante flamme
Et les fruits mûrs pendus aux vastes espaliers
Versaient un opulent arôme de cinname

Tandis que dans le parc peuplé par des sylvains
Et des faunes bordant les larges avenues
Le clair de lune épars sur les marbres divins
Faisait étinceler la chair des nymphes nues.

Et le prince sur la terrasse du palais
Inclinait vers le sol ses doigts chargés de bagues
Et regardait, là-bas, sous les cieux violets,
Fuir des vaisseaux fleuris par la houle des vagues.

« Passez, je vous envie, ô frères ignorés,
Que les vents furieux emportent sur le gouffre.
Je ne la connais plus et vous la reverrez
La terre désirable où l'homme pleure et souffre.

Je suis venu vers les rivages interdits
Pour obéir aux voix des blanches fiancées
Et mon âme succombe au poids des paradis
Ainsi que les joyaux chargent mes mains lassées.

Pour éveiller en moi d'immortelles douleurs
Dont la mémoire accrût mes extases futures,
J'ai déchaîné des sangliers parmi les fleurs ;
Mais les fleurs renaissaient plus belles et plus pures.

J'ai voulu renverser le palais merveilleux
Et je l'ai revêtu de rouges incendies,

Mais des colonnes d'or surgissaient à mes yeux
Et portaient jusqu'au ciel les voûtes agrandies

Et lorsque j'ai tué la vierge que j'aimais,
Espérant rompre enfin les ineffables charmes,
L'enfant ressuscitée a vaincu pour jamais
Par des baisers plus doux ma tristesse et mes larmes.

Pour moi, le flot des jours s'écoule vainement ;
Vainement le soir tombe et l'aurore rougeoie :
Enveloppé de rêve et d'éblouissement
Je suis le prisonnier de l'immuable joie. »

Ainsi par cette nuit d'étoiles, il parlait :
Les fourrés frissonnants brillaient de lucioles
Et le souffle embaumé de la brise mêlait
La chanson de la mer à la voix des violes.

CELLE QU'ON FOULE

A Georges Duflot.

C'était parmi la nuit muette, la clameur
De la Terre, clameur lamentable et farouche
De géante en travail qui se tord sur sa couche
Rejette l'embryon sanglant, rugit et meurt.

La formidable voix hurlait : cris d'épouvante,
Gémissements plaintifs des automnes, sanglots
Rauques de la forêt hivernale et des flots,
Rire amer et confus de la foule vivante,

Frémissement de l'herbe et murmure des nids;
Hymne démesuré du torrent et du gouffre
Tout ce qui parle, tout ce qui palpite et souffre
S'unissait et montait vers les cieux infinis.

Or voici l'anathème effréné que la Terre
Jetait à travers l'ombre aux fils des nations :
« Que le troupeau vengeur des exécrations
Suive à la trace l'homme ennemi du mystère.

Les peuples d'autrefois inclinaient leur orgueil
Devant la majesté féconde de l'ancêtre
D'où jaillit la semence et la source de l'Etre
Et qui rouvre ses flancs paisibles au cercueil.

Partout, toujours, dans les déserts hantés d'hyènes,
Dans les plaines de neige où, par soudains élans,
Bondissent des troupeaux de rennes et d'élans,
Près du pôle et dans les cryptes égyptiennes,

Les hommes adoraient la Terre, qui porta
Dans son sein maternel, des millions d'années,
Le germe à peine éclos de vos races damnées
Et priaient à genoux Kybèle, Isis, Airtha.

Alors au bruit des sistres d'or et des crotales,
Sereine, à travers les chemins et les cités,

De temple en temple, au pas de mes lions domptés,
J'allais, les seins voilés de pourpre orientale.

Les vierges de Hellas ployaient leur col de lait
Au passage de la déesse vénérable,
Et, telles qu'au printemps les grappes de l'érable,
Me versaient des parfums où le feu se mêlait.

Les austères guerriers des campagnes romaines
Chantaient pieusement la nourrice Rhéa
Qui mit en eux sa sève antique et les créa
Pour l'asservissement des nations humaines;

Et les chasseurs lointains des cerfs et des aurochs,
Les braves aux yeux bleus, chevelus d'or, les Mâles
Erigeaient mes autels en face des cieux pâles
Dans les forêts tempétueuses, sur les rocs.

Quand la procession de mes prêtresses blanches
Précédait au printemps par les sentiers herbeux
Mon attelage lent et traîné par des bœufs
Vers les villages et les toits couverts de branches,

Les hommes tatoués de fauve vermillon
Se courbaient et baisaient ma trace, et les épées
Rouges encor du sang et des têtes coupées
Saluaient d'un éclair la Mère du Sillon.

O temps anciens de la Germanie et de Rome,
O temple universel des plaines et des blés
Où mon mystique époux des siècles écoulés,
Le laboureur était un prêtre auguste à l'homme :

Le culte vénéré sombre aux flots de l'oubli :
Nul printemps, nul été ne luit et ne ramène
Les incantations de la prière humaine
Vers les autels de mon sanctuaire aboli :

O races chaque jour plus impures et viles,
Qui ne connaissez plus mes mystères, troupeaux
Plus barbares que vos pères vêtus de peaux,
Troupeaux qui pullulez dans vos enclos de villes,

Vous qui fouillez avec mépris mes flancs gercés
Par les maternités innombrables ; ô foule

Immonde dont le pas sacrilège me foule ;
Vous qui priez des dieux que je n'ai pas bercés

Au chant de mes forêts de bouleaux et de chênes,
Dans des lits d'herbe fraîche et des langes de fleurs,
Voici venir enfin la horde des malheurs
Fatidiques et des calamités prochaines.

Dans un bref avenir une aube jaillira,
Ensanglantant les noirs espaces des nuées
Et par dessus le bruit féroce des huées
Le clairon des combats ultimes sonnera ;

Sous l'œil indifférent des sphères fraternelles,
L'horrible mer de vos haines, sinistrement
Débordera sur vous et l'épouvantement
Elargira le vol funèbre de ses ailes ;

Et les hommes saisis d'un délire fatal,
Déchaînés, se rueront aux suprêmes tueries ;
De l'équateur torride aux blanches Sibéries,
Ma face saignera comme un immense étal.

O fureur indicible et sans répit ! batailles
Qui durerez de l'aube au soir, pendant dix ans,
Comme le cri des flots qui heurtent les brisants,
J'entends déjà clamer les corps sous les entailles.

Un souffle meurtrier et pestilentiel
S'exhale de la mort et des chairs refroidies
Sans linceul, tandis qu'aux lueurs des incendies
De vastes lacs de sang pourrissent sous le ciel,

De vastes lacs de sang où, rigides et vertes,
Vont des flottes de morts convulsifs par milliers,
Où s'acharnent sans peur, repus et familiers,
Les vautours réjouis des cervelles ouvertes.

La fièvre fait claquer les dents des survivants,
Témoins terrifiés des heures vengeresses,
Qui dans l'affolement des suprêmes détresses
Voudraient perpétuer leur race en des enfants ;

Mais ces accouplements de spectres épuisés
Ne repeupleront pas les villes et les plaines.

Mêlez-vous, unissez les corps et les haleines !
Les siècles ont tari la source des baisers.

Les temps sont écoulés ; les heures sont venues
Et nul glas solennel et lent ne tintera
Lorsque le vent indifférent emportera
Le dernier râlement de l'homme vers les nues.

Sa mort n'éveillera ni gaîté ni regret
Dans le monde impassible et dans l'âme des choses
Qui ne s'occupent pas en leurs métamorphoses
De ce qui naît, grandit, s'efface et disparaît.

Rien ne tressaillira dans la Nature, et seule,
Seule de toutes les étoiles, je saurai
Que mon lait a nourri jadis l'être exécré,
Le mauvais fils, l'enfant contempteur de l'aïeule !

Comme avant l'homme impie et ses rébellions,
Libre de sa présence et de sa marche impure,
Je pourrai dénouer au vent ma chevelure
De profondes forêts où rôdent les lions ;

Et quand l'aube luira, dans la fraîche rosée
Je plongerai mon corps que ses pas ont flétri.
— Et ma force renaît, ma beauté refleurit,
Et ma chair a des tons d'églantine rosée.

O gloire des cactus de pourpre et des lys blancs,
Hautaine majesté des palmes triomphales
Que faisait onduler le souffle des rafales
Sur la virginité première de mes flancs,

Surgissez et parez ma nouvelle jeunesse
Pour l'hymen radieux et rouge du soleil ;
Tissez et déployez votre manteau vermeil
Sur ma gorge superbe et mes seins de faunesse !

Montez dans le limpide éther, ô chants d'oiseaux :
Voici l'amour et les caresses nuptiales ;
J'entends hennir au loin les cavales royales
Et des nuages fins neigent de leurs naseaux.

Le dieu descend du char céleste et sur ma bouche
Frissonnante, je sens sa bouche, et ses baisers

S'infiltrent lentement dans mes flancs embrasés,
Jusqu'à l'heure où le jour resplendissant se couche

Et remonte vers le Palais mystérieux,
Cependant que la main pacifique des ombres
Etale dans le ciel obscur ses voiles sombres
Et clôt divinement mes lèvres et mes yeux.»

LA VOIX IMPÉRISSABLE

A Catulle Mendès.

Abandonné depuis des siècles fabuleux,
Un grand temple dressait sur le mont solitaire
Ses portiques de marbre et ses escaliers bleus.

Pourpre traînant en ombre errante sur la terre,
Jardins ensanglantés de glorieuses fleurs,
Vasques d'or où l'ibis sacré se désaltère,

Et près des bois, gemmés par la rosée en pleurs
Du collier merveilleux que l'aube sainte égrène,
Des oiseaux ignorant les rets des oiseleurs :

Tout un monde de rêve espérait une reine
Ou le retour tardif des héros et des dieux
Disparus dans la nuit formidable et sereine.

Fils de la neige pure et du ciel radieux,
Des cygnes indolents glissaient dans la vallée
Sur un fleuve que les lotus étoilaient d'yeux ;

Leur corps majestueux fendait l'eau refoulée
Et parfois leur plumage illustre secouait
Autour d'eux des flocons de lumière envolée,

Tandis qu'en un appel de deuil ou de souhait
Le cri des beaux nageurs aux ailes éployées
Montait éperdument vers le temple muet.

Mais nul dieu revenu n'écartait les feuillées
Et nulle reine avec des rires enfantins,
Ne réveillait l'écho des verdures mouillées.

Le vieux temple érigeait ses portiques hautains
Ainsi qu'un fier écueil d'indestructible roche
Qui défiait les flots des soirs et des matins.

Or, flux tumultueux qui roule et qui s'accroche
En écume de flamme aux marbres effrités,
La sombre mer des jours suprêmes était proche.

Ruine des moissons et terreur des cités,
Fauves ivres du sang versé dans les cratères,
Des hordes s'en venaient vers les bois enchantés.

Les têtes des vaincus sur la peau des panthères
Pendaient horriblement comme des raisins mûrs
Et les carquois sonnaient aux dos des sagittaires.

Les frondeurs brandissaient leurs bras noueux et durs
Et les cavaliers nus au galop des cavales
Entrèrent en hurlant par les brèches des murs.

Des torches consumaient de leurs pourpres rivales
Les voiles rouges et les blocs de marbre roux.
Et des gerbes de feu fusaient par intervalles.

L'absence de vivants attisait le courroux
Des barbares privés de la chair des prêtresses,
Et les images d'or se brisaient sous leurs coups.

Tel le Temple, parmi les clameurs vengeresses,
S'abîmait dans les flots de bronze incandescent
Qui couronnaient les monts de monstrueuses tresses.

Seuls, les cygnes épars dans le val frémissant
Regardaient la lueur rouge de l'incendie
Comme un morne soleil qui meurt et qui descend ;

Et, vers l'astre nouveau d'où la flamme irradie,
Désespérant des dieux qui les ont oubliés,
Ils tournaient tristement leur prunelle agrandie.

Mais les barbares las, jetant leurs boucliers,
Firent pleuvoir, avec les pierres de leurs frondes,
Les flèches qui sifflaient entre les peupliers.

Pointes de fer, silex aigus et balles rondes
Trouaient l'eau frissonnante avec un bruit strident
Et le sang des oiseaux tachait les claires ondes.

Alors un chant funèbre emplit le ciel ardent :
Un concert douloureux d'ineffable harmonie
Montait vers les tueurs surgis de l'occident.

La voix des chanteurs blancs pleurant leur agonie
Poursuivait les guerriers jusque là sans remords
Dont la chair palpitait d'une angoisse infinie ;

Et tandis qu'autour d'eux l'âme des cygnes morts
Semait un hymne amer de vengeance éternelle,
Les barbares, au vol de leurs chevaux sans mors,

S'enfonçaient, affolés, dans l'ombre solennelle.

Maya

A Bernard Lazare,

THAIS

à Henri de Manneville.

I

Alexandros, l'épique enfant de Zeus Ammon,
Mange et boit et s'enivre après la ville prise
Dans le palais taillé dans le marbre et le mont ;

Et les hommes-lions, sculptés de pierre grise,
Inutiles gardiens des murs et du trésor
Regardent le héros boire aux coupes qu'il brise,

Cependant que la fauve avalanche de l'or
Splendidement s'abat sur la massive table
Comme un grand oiseau roux au fulgurant essor.

La rauque orgie et la clameur épouvantable
Hurlent et le troupeau des Hellènes vainqueurs
Mugit : tels les taureaux dans la nocturne étable ;

Et parmi les péans discordants et les chœurs,
Et les parfums de la Sabée et le cinname,
Et la vapeur des vins et des chaudes liqueurs,

La torche en main, Thaïs, la bacchante qui clame,
La courtisane blanche et droite comme un lys
Revêt de pourpre ardente et couronne de flamme

La ville antique aux toits d'argent, Persépolis.

II

O ville, amas ancien de rêve et de superbe,
Dressée en moi sur tes inébranlables fûts,
Qui te rabaissera jusqu'au niveau de l'herbe ?

Monceau de souvenirs étranges et confus,
Peuple mystérieux de muettes images,
Qui donc rendra la plaine au chant des bois touffus ?

Qui chassera de moi les rites et les mages
Et sur les noirs débris du temple renversé
Fera monter des cris d'oiseaux et de ramages ?

Quelle torche, ô mon cœur, sur ton marbre glacé
Etendra des lueurs sanglantes et sur l'âme
Lâchement assoupie et sur l'esprit lassé

Dardera la splendeur de ses langues de flamme ?

JUDEX

à Marcel Collière.

Par le prétorial silence de la nuit
Où sonnent seulement des horloges funèbres
J'attends venir vers moi le Juge des ténèbres
Qui scrute les péchés des hommes et s'enfuit.

Sans toge, sans licteurs ni haches enlacées,
Sans chants impérieux et tristes de buccins,
N'écoutant que la voix des remords en nos seins
Le Juge intérieur passe dans nos pensées.

Les spectres dont le jour avait tué les cris,
Les spectres dont le jour avait clos les prunelles,
Surgissent maintenant des tombes éternelles
Et redressent leurs fronts livides et flétris.

O baisers reniés, mémoire des caresses,
Rêves que j'avais crus emmurés pour jamais,
O cadavres divins que j'aime et que je hais,
Regards accusateurs et bouches vengeresses,

Que voulez-vous de moi ? spectres, ayez pitié ;
N'appelez pas ainsi l'incorruptible juge :
Vous savez qu'il n'est point d'église de refuge
Pour le coupable en pleurs et le crucifié.

Mais l'âpre justicier se lève dans mon âme
Chaque soir : il prononce irrévocablement
La sentence de deuil, de honte et de tourment
Et fait couler en moi des rivières de flamme.

Puis il remonte au ciel lointain dont il descend
Et d'où j'espère en vain le Rédempteur à naître,
Tandis que dans l'obscur abîme de mon être
Un enfer de douleur hurle en le maudissant.

CHAMBRE D'AMOUR

La nuit tiède est clémente à la ville qui dort ;
Des lys impérieux triomphent dans la chambre
Et cependant nos cœurs sont froids comme Décembre
Et nos baisers d'amour amers comme la mort.

Ta douce bouche s'ouvre à des chansons mièvres
Et tes seins bienveillants accueillent mon front las ;
Mais, ô ma douloureuse enfant, je ne sais pas
Pourquoi les dieux mauvais empoisonnent nos lèvres.

Qu'importe ? viens vers moi, triste sœur ; aimons-nous,
Sans craindre la saveur glorieuse des larmes,
Tels des héros blessés avec leurs propres armes
Et dont le glaive d'or a rompu les genoux.

Viens ! nous aurons l'orgueil des âmes taciturnes
En cette chambre morne et veuve de flambeaux,
Où, semblable à l'odeur des antiques tombeaux,
Un parfum sépulcral monte des lys nocturnes.

PRINTEMPS D'AUTOMNE

La pourpre automnale ensanglante
Les feuilles sèches des halliers
Et transforme en floraison lente
Les rayons d'Avrils oubliés.

D'insensibles métamorphoses
Changent les clartés d'autrefois
En d'artificielles roses
Qui parent les jours gris et froids,

Et sous le ciel tendu de brume
Et les nuages palpitants
Leur odeur mourante parfume
Un mélancolique printemps.

Très Chère, c'est aussi l'Automne
Ténébreux pour nos cœurs lassés ;
Mais en notre chair qui s'étonne
Refleurissent les jours passés,

Et la ressouvenance lente
Nous revêt, comme les halliers,
D'un manteau de pourpre sanglante
Faite des baisers oubliés.

LIEDER

Ich, ein tolles Kind, ich singe
Jetzo in der Dunkelheit;
Klingt das Lied auch nicht ergoezlich,
Hat es mich doch vor Angst befreit.
(Henri Heine *Die Heimkehr*.)

I

Des mots doux comme des hautbois
Et des harpes surnaturelles;
Des sons légers de chanterelles
Et dans les bois, des voix, des voix.

Des couples blancs de tourterelles,
Des oiseaux bleus couleur du temps;
Des ailes d'or sur les étangs,
Dans le ciel des ailes, des ailes.

Je ne sais où : je vois, j'entends.
Voici venir la très-aimée
Et sa cheville parfumée
Foule des tapis éclatants ;

Sa robe candide est lamée
De l'or du paradis natal ;
Des feux de myrrhe et de çantal
L'entourent de blonde fumée.

Plus rien, plus rien ! le deuil brutal,
Le silence et l'ombre. Serait-ce
Que la perfide enchanteresse
A forgé ce mur de métal

Et clos dans la nuit vengeresse,
Sans ailes d'or et sans hautbois,
Les mots doux comme une caresse,
Et les colombes, sœurs des voix?

II

Ni tes fiertés, ni tes paresses
Ni l'espoir menteur des caresses,
Ni ta chair de vierge, j'aimais.
La splendeur de ma propre idée,
O maîtresse non possédée
Qui ne me trahiras jamais

Je garde en mon âme hautaine
Le rêve frais de la fontaine
Et des nénufars ingénus ;
Je laisse aux lèvres sans extase
L'eau noire et, grouillant dans la vase,
Tous les reptiles inconnus.

Loin de l'hivernale vallée
L'aile des fleurs s'est envolée
Et le murmure des nids verts
Cherche avec le vol des pétales,
Dans les aubes orientales
L'éternel printemps de mes vers.

C'est l'heure que j'ensevelisse
La blancheur du dernier calice
Avec les souvenirs défunts :
O nuptiale Galatée,
Rends-moi la corolle empruntée,
Rends-moi le songe des parfums,

Pour que je tisse avec mes strophes
Un linceul de riches étoffes
Embaumé de myrrhe et de nard
Et que je jette sur mon rêve
De jeunesse et de gloire brève
La pourpre antique de Schinnar.

III

Pour moi seul tes cheveux de saule
Se déroulent sur ton épaule
Comme les feuilles dans le vent
Et tel que sur la neige vierge
Frémit un frisson d'or mouvant
De l'aube de ta chair émerge
Une fleur de soleil levant.

Car seul je connais les paroles,
Sœurs des feuilles et des corolles,
Qui puissent dire ta beauté ;
Je sais les phrases rituelles

Par qui, dans le bois enchanté,
L'ombre des amantes cruelles
Revive pour l'éternité.

Rires et larmes infinies !
Si je chantais tes litanies
Et le miel de tes seins rosés
Je ferais voler dans les brises,
Au-delà des jours épuisés,
L'abeille des lèvres éprises
Vers la ruche de tes baisers.

Mais je tais avec jalousie
Les chers mots dont je m'extasie :
Les hommes passent et s'en vont ;
Le bruit des foules abhorrées
Roule et le miel divin se fond
En perles de gouttes dorées
Dans l'urne de mon cœur profond.

IV

Ta voix, ta même voix de colombe blessée
Sonne plaintivement dans ta gorge lassée.

J'entends encor l'écho des paroles d'antan
Lorsque les mots ailés s'envolent en chantant.

Mais je ne comprends plus les syllabes ; j'oublie
Ce qui fait leur langueur et leur mélancolie.

Je crois t'ouïr parler un langage inconnu
Sur des airs dont mon cœur s'est en vain souvenu,

Et je perçois parmi la musique rhythmée
La voix d'une étrangère ou d'une morte aimée.

V

Reine du magique palais,
En ce jeu cruel que tu joues,
Comme tes sœurs, tu te complais
Aux larmes roulant sur nos joues.

Quand tu presses le vin des cœurs
L'étoile de tes yeux rutile,
L'étoile de tes yeux vainqueurs
Rit de la lâcheté virile.

Tandis que, dans la paix du soir,
Les désirs — tels de mauvais anges —
Portent aux meules du pressoir
Les grappes des rouges vendanges.

Soit ! en tes rêves assassins
Grise-toi des pourpres foulées
Et noue au-dessous de tes seins
Des peaux fauves et tavelées.

Sois la bacchante que les dieux
Lâchent sur la terre ; promène
L'orgueil de tes flancs radieux
Au milieu de la vigne humaine.

Va ! que les héros asservis
Et les poètes que tu crées
Se courbent hurlants et ravis
Devant tes colères sacrées :

Tes triomphes sont imparfaits,
Ta gloire sanglante est un leurre ;
Tu n'as pas su que je t'aimais
Et tu ne sais pas que je pleure.

VI

Les moires vertes des feuillées
Attendent le Prince Charmant
Et sous les gemmes de rosée
L'aubépine est une épousée
D'où s'exhale amoureusement
L'âcre parfum des fleurs mouillées.

Des lèvres que nul ne connaît
Ont bu les gemmes disparues.
Pourquoi le Prince viendrait-il,
O forêt ? le parfum subtil
Meurt dans les poussières accrues
Sur l'aubépine et le genêt.

La plainte lente des ramures
Geint sinistrement et déjà
Les nains méchants des avenues
Font saigner sur les branches nues
Que leur caprice ravagea
La chair automnale des mûres.

VII

Plus quam femina virgo.
(P. Ovidius Naso]
Métamorphoses, Livre XIII.)

Plus claires dans le sombre azur des nuits sans lune
Les étoiles doraient les ajoncs et la dune ;
Mais je n'ai pas souci de leur ruissellement
Et dans mes yeux fleuris de visions plus belles,
Baignant les cieux futurs de leurs splendeurs nouvelles,
Les astres à venir montent éperdument.

Tu glissais à pas lents dans les ajoncs stellaires
Et sourde à la rumeur humaine des colères
Tu regardais surgir les astres apaisés ;
Mais dans mon cœur fleuri de voluptés plus calmes,
J'évoque au chant lointain des sources et des palmes
Les vierges à venir et les futurs baisers.

VIII

La fleur enorme de la mer
Eclose avec l'aurore sainte
Renaissait dans le gouffre amer
De tes prunelles d'hyacinthe.

Dans tes cheveux d'or j'adorais,
Sous la gloire de leur couronne,
Les impériales forêts
Et leur laticlave d'automne.

Les peupliers glauques et blancs
Et la mollesse des prairies
Revivaient dans les gestes lents
De tes mains douces et fleuries.

Mais aujourd'hui que tu n'es plus
La prêtresse et l'évocatrice,
Il faut les bois et les reflux
Pour que ta grâce refleurisse

Et les colchiques du matin
Ressuscitent dans ma pensée
Ta pâleur morne de satin
O mensongère Fiancée.

IX

Tout à l'heure un essaim de mauves s'envolait,
Majestueux, au ras des vagues aurorales :
Les oiseaux fendaient l'air de leurs ailes égales
Et nageaient dans l'azur vers l'horizon de lait.

Ils allaient : le soleil semait sur les prairies
Marine des fleurs d'or et de chrysobéril
Et l'on eût cru là-bas des papillons d'avril
Sur un champ constellé de rares pierreries.

Ils allaient : maintenant que dans le clair matin
La blancheur de leur vol splendide s'est fondue,
Je cherche obstinément au fond de l'étendue
Le souvenir neigeux de leur essor lointain.

Nul des flocons perdus dans les brumes d'opale
N'argente plus la plaine immobile des flots
Et la seule clameur des antiques sanglots
Monte plus tristement vers le lac du ciel pâle.

O Chère, ô pâle ciel d'amour qui te mirais
Dans la mer somptueuse et calme de mes rêves
Quels abîmes d'azur et d'Océans sans grèves
Ont englouti le vol de mes désirs secrets ?

Je ne sais : le regard a lassé ma prunelle,
La solitude morne emplit mon cœur, j'entends
Dans le double infini de l'espace et du temps
Monter le râle amer de l'angoisse éternelle.

Je ne veux pas courber ma tête sous tes pas
Ni baisser devant toi mes yeux ; je ne suis pas
Un mendiant d'amour et d'aumônes charnelles
Et la honte des pleurs souillerait mes prunelles.

Mais dans la nuit semblable à mon cœur sombre et fier
J'irai dire mon mal aux vagues de la mer ;
Elle me bercera la mer consolatrice
Avec des rhythmes lents et des chants de nourrice.

J'écouterai sa voix et je m'endormirai
Comme un enfant, tandis qu'en un jardin sacré
Surgira, bleu de rêve et parfumé de menthe
Le magique palais où tu seras clémente.

POUR UNE ABSENTE

Je veux m'enfermer seul avec mon souvenir,
Immobile, oublieux des rafales d'automne
Qui font les frondaisons se rouiller et jaunir
Et de la mer roulant sa plainte monotone ;
Je veux m'enfermer seul avec mon souvenir.

Le demi-jour filtrant des étoffes tendues
Sera doux et propice à mon cœur nonchalant,
Quand je l'évoquerai du fond des étendues,
Et sa voix emplira d'un hymne grave et lent
Le demi-jour filtrant des étoffes tendues.

J'aurai la vision chère devant les yeux :
Le souffle parfumé de l'ineffable Absente

Flottera pour moi seul dans l'air silencieux,
Subtil comme une odeur de fraise dans la sente ;
J'aurai la vision chère devant les yeux.

Et je dirai tout bas ma tendresse latente ;
O cœur lâche, tremblant et révolté, je veux
Que ton intime amour se révèle et la tente :
Tu te résigneras à l'effroi des aveux
Et je dirai tout bas ma tendresse latente.

JOUVENCE

Tu parlais tristement des campagnes lointaines
D'une voix si dolente et lourde de regrets
Que je deviens jaloux des fleurs et des forêts
Et des saules d'argent penchés vers les fontaines.

Souvenirs ! jours anciens ! comme vous enserrez
Notre âme prisonnière en d'invincibles chaînes :
Tu veux, comme autrefois, baigner les sombres chênes
Au clair de lune blond de tes cheveux cendrés.

Soit ! l'été revenu parmi les hautes herbes,
Nous marcherons, frôlés par les ailes de l'air,
Au murmure divin des choses et ta chair
Mêlera des parfums de Chypre aux foins en gerbes,

Et peut-être qu'un soir entre de rudes draps
Embaumés de lavande et dans un lit d'auberge
Tu me rendras ta chair et tes lèvres de vierge
Pour quelque amour d'enfant dont tu te souviendras.

LA MORT INUTILE

A Grégoire le Roy.

Curæ non ipsa in morte relinquunt.
PUBLIUS VERGILIUS MARO.

Triste comme la mer et la chanson des syrtes,
Le vent lourd de sanglots pleure dans la forêt ;
Un troupeau d'ombres va, paraît, et disparaît
Par les bois souterrains et les bosquets de myrtes.

Défaillant dans l'horreur d'un ciel ensanglanté,
Le soleil infernal baigne le pâle espace ;
Un troupeau d'ombres vient, revient, passe et repasse
En sa mélancolique et tremblante clarté ;

Et ce sont à travers les routes d'asphodèle
Les fantômes hagards, pleins de larmes et lents
Dont les glaives d'amour ont déchiré les flancs :
La mort n'a point fermé leur blessure immortelle,

Le sommeil sépulcral a leurré leurs yeux las
Et l'âpre souvenir survivant à la tombe
Tel qu'un vin corrosif, goutte par goutte, tombe
Dans leur cœur ulcéré qui ne guérira pas.

L'AME SEULE

A Ferdinand Hérold.

La bienfaisante nuit couvre la ville immense
D'où montaient vers le ciel des sanglots et des chants
Et la grande cité semble un lac de silence
Frôlé par la rumeur pacifique des champs.

Mer des vivants, mer furieuse qui te rues
Emportant dans tes plis les deuils et les baisers,
Tu roules tout le jour le pavé des rues,
Mais le soir calme endort tes râles apaisés.

Et les rêveurs amis des nécropoles saintes,
Délivrés de la joie, affranchis du remords,
Errent par les soirs clairs et fleuris d'hyacinthes
Comme des immortels dans la maison des morts.

Hommes, laissez passer dans la nuit solitaire
Ceux qui foulent toujours des chemins non frayés :
Les exilés divins ont repeuplé la terre
Et je me sens plus seul quand vous vous réveillez.

Quels démons ont pétri de leurs mains ironiques
Vos faces de mensonge et de stupidité,
Je ne sais, mais le mal suinte de vos tuniques
Et votre rire immonde attente à la beauté.

Le matin revenu, soyez tels que vous êtes.
Moi cuirassé d'orgueil et de mépris serein
Entre mon cœur farouche et vos clameurs de bêtes
Je laisserai tomber une herse d'airain.

Je m'en irai là-bas vers la forêt clémente :
Les arbres fraternels m'appellent doucement ;
L'herbe bruit, l'eau des fontaines se lamente
Et rit comme une nymphe avec son jeune amant.

La forêt a gardé pour mon oreille seule
Les chants anciens et les fleurs nobles d'autrefois

Parfument à jamais sa mémoire d'aïeule
Et tous les rhythmes morts revivent dans sa voix.

Les chênes musculeux portent de verts portiques
Où pareils à des rois mes rêves passeront
Et près des dieux nouveaux, fils des taillis antiques
Je plierai les genoux et courberai le front.

Mais retrouveras-tu la jeunesse première,
O parleur orgueilleux, ivre d'un vin mauvais ?
Et si dans la splendeur de la pure lumière
Ton rêve était moins beau que tu ne le rêvais ?

Ainsi qu'un porteur las délivre ses épaules
Tu voudrais rejeter les souvenirs humains
Et suivre le ruisseau qui court entre les saules
Et marcher tout le jour au hasard des chemins.

Va ! tu n'entendrais plus les voix surnaturelles
Qui t'invitent la nuit, vers les magiques bois ;
Dans les halliers sanglants de mûres et d'airelles
Tu serais poursuivi par les mauvaises voix.

Reste jusqu'à la mort baigné de crépuscule
Avec l'âpre regret des astres radieux :
Tu n'es pas assez grand pour le manteau d'Hercule
Et pour te revêtir de la pourpre des dieux.

PETITS PAYSAGES

A Urbain Derbanne.

I

Une écume de fleurs, blanche et rose, s'étale
Sur la mer onduleuse et mouvante des prés
Où ruisselle le flot des trèfles empourprés.
Tandis que montent vers la nue orientale
Le meuglement des bœufs et la rumeur des blés.

II

Le souffle langoureux des brises musicales
Chante dans les sainfoins en fleurs un hymne lent
Tandis que sous les rais du soleil aveuglant
Une fuite éperdue et grise de cigales
S'enlève et vibre, au ras de l'herbe, en sautelant.

III

L'équipe de pêcheurs tire la grande senne
A basse mer, avant les vagues et le flux ;
Et nul des rudes gars n'est manchot ni perclus,
Mais l'effort fait saillir et gonfler leur chair saine
Et les veines des bras musculeux et velus.

IV

Le soleil tombe et des grappes de lilas sombre
Fleurissent la forêt marine où Téthys dort
Sous un voile de pourpre aux filigranes d'or
Que trempe dans le sang de la clarté qui sombre
L'invisible ouvrier du fabuleux décor.

V

Le ciel est gris comme une aile de tourterelle
Que teinterait un peu de rose veiné d'or ;
Là-bas, le cap lointain dont la mâchoire mord
L'horizon sombre est las de sa longue querelle
Et la brume a brisé les dents du monstre mort.

EN MORVAN

A Jacques Derbanne.

L'ombre s'enroule aux flancs des collines farouches
Et pèse sur les bois et les versants herbeux
Où dorment lourdement les immobiles bœufs ;
Elle fait grimacer les arbres et les souches
Des saules noirs pareils à des jeteurs de sorts,
Tandis que par les vaux mystérieux et morts
Le monotone appel des hulottes réplique
Au sifflement du vent dans le houx métallique
Qui vibre hostilement comme une armure et luit
Et l'eau sauvage hurle entre les roches grises,
Ainsi que défaillant de hautes entreprises
Une guerrière blanche en fuite dans la nuit.

L'EAU MORTE

A Charles Bourgault Ducoudray.

L'étang mystérieux dort parmi les bois sombres,
Eau de solitude, eau de silence, eau de songe,
Que le flot rose et blanc des bruyères prolonge ;
Parfois des oiseaux noirs glissent comme des ombres
Entre les joncs tendus hors des sinistres ondes
Tels que des glaives d'or aux mains de reines blondes ;
Et sous l'âpre soleil épars en rayons mornes
Les nymphéas chasses des limpides fontaines
Où boivent, à la nuit, les cerfs aux belles cornes,
Attendent tristement les étoiles lointaines.

RÊVE D'ÉTALONS

A Edmond Haraucourt.

Une lourde vapeur rôde sur les prairies ;
La plaine calme dort au chant prochain des eaux
Et le vol pacifique et lent des grands oiseaux
Traîne des filets d'ombre aux flots d'herbes fleuries.

L'or brusque du soleil déborde dans l'azur
Et jaillit de la neige ardente des nuées ;
Puis le ciel morne enclôt les splendeurs refluées
Dans ses digues de fer éblouissant et dur.

Des cris surnaturels et des glaives d'archanges
Bruissent dans l'éther magiquement : des voix
Rauques sonnent l'appel d'invisibles tournois
Où se heurtent des dieux et des guerriers étranges.

Les étalons vautrés dans le tiède gazon
Comme au ressouvenir épique des mêlées,
Eperdument, de leurs prunelles affolées
Parcourent l'étendue immense et l'horizon,

Et par delà le sable héroïque des grèves
Regardent, les naseaux gonflés d'un souffle amer,
Sur la montagne bleue et verte de la mer
Blanchir en galop fou les cavales des rêves.

Convulsifs et dressés sur leurs jarrets tremblants,
Le col tendu vers les chimériques crinières
Ils sentent comme aux jours des fièvres printanières
Les désirs infinis aiguillonner leurs flancs.

Mais leur chair glorieuse en proie aux frissons vagues
Dédaigne désormais les vieilles voluptés
Et le vain désespoir de leurs cœurs indomptés.
Hennit lugubrement vers le troupeau des vagues.

MARBRE

A Ernest Christophe.

Les bois religieux se taisent ; les oiseaux
Ont quitté la forêt où meurt le bruit des eaux.
Seule en sa nudité de vierge et de guerrière
La déesse de marbre habite la clairière
Et son corps immortel fait de rêve et d'amour
Monte, lys immortel, parmi les fleurs d'un jour.
Ni flûtes de bergers ni chansons de cigales :
Sauf le frissonnement des herbes amicales
Dont le flot souple ondule autour d'elle, nul bruit.
Parfois dans les fourrés un chevreuil brusque fuit
Farouche d'avoir vu briller sa chair sans voiles
Et l'arc impérieux tendu vers les étoiles.

CRISTAL

A Emile Gallé.

Noire sur le cristal pâle et gris comme un ciel
D'hiver, la libellule énigmatique éploie
Les ailes dans l'air lourd et pestilentiel.
Ses immobiles yeux sans tristesse et sans joie
Cherchent sinistrement une invisible proie
Et planant sur l'eau verte et morte des marais
Vers vos calices d'or, de pourpre et de ténèbres,
Elle vole vers vos calices à jamais,
Glauques fleurs qui nagez sur des étangs funèbres
Où se mire le deuil des pins et des cyprès.

CRÊPON

A Judith Gautier.

Des oiseaux merveilleux, onglés de griffes d'or,
Tracent dans le ciel calme un candide sillage
Et la migration d'un éternel voyage
Tend vers des pics lointains leur immuable essor.

Le caprice du peintre ouvrant leurs ailes vaines
Fige ironiquement loin des vierges sommets
Leur vol : blancs exilés, vous n'atteindrez jamais
Les cimes que le soir vêt de pâles verveines.

Mais le rêve des monts vous donne leur fierté,
L'eau des lacs inconnus frémit dans vos prunelles
Et l'héroïque amour des neiges fraternelles
Illumine vos yeux de gloire et de clarté :

Telle malgré l'horreur des ténèbres accrues
Mon âme vole vers la pourpre des printemps
Et loin des monts neigeux et des lacs où je tends
Rêve au parfum royal des roses disparues.

L'IMPÉRATRICE

A Mlle Gabrielle Hérold.

Les dieux d'un riche crépuscule
Parent d'or fauve et de joyaux
Les cactus, les lys sans macule
Et les chrysanthèmes royaux ;

La pourpre du jour tombe et glisse
Sur les terrasses du jardin ;
Le soleil meurt, l'Impératrice
Frôle les fleurs avec dédain

Et songe, loin des soirs illustres,
Au lac blanc sous l'aube d'avril
Où les frêles herbes palustres
Semblaient des reines en exil.

L'ASCÈTE

A Benjamin Constant.

Après le jour de flamme et le labeur amer,
L'ascète hiératique accroupi sur la grève
Entendait résonner une harpe de rêve
Et son maigre lion dormait près de la mer.

Ni voix ni glissement des barques ou des ailes.
Ne troublaient le silence effrayant et la paix
Du morne crépuscule épars dans l'air épais
Et la bête songeait aux viandes des gazelles.

Mais l'homme dédaignant la tristesse du soir
Consumé d'une soif que rien ne désaltère
Et que n'apaisent pas les coupes de la terre
Regardait le soleil rougir l'horizon noir.

Et voyait, en un ciel de pourpre et d'hyacinthe,
Les pieds cloués, la chair tachant l'horrible croix,
Le Seigneur Jésus-Christ, fils de Dieu, Roi des rois,
Sinistrement saigner sur la montagne sainte.

MESSE DES MORTS

A Bernard Lazare.

LES ORGUES

Requiem æternam dona eis, Domine.

Seigneur, ces pèlerins des routes de la vie
Ont peiné tout le jour vers le terme divin :
Au lieu des puits d'eau vive et des outres de vin,
Ils se désaltéraient aux calices d'envie.

Desséchés par le hâle et brûlé par le ciel
Torride, haletant de la soif infinie,
Ils ont bu, comme Christ en sa lente agonie,
La mauvaise liqueur de vinaigre et de fiel.

Sous les savantes mains d'atroces sagittaires,
Des flèches s'envolaient vers eux d'arcs inconnus

Et d'invisibles fouets mordaient leurs torses nus
Et du métal ardent coulait dans leurs artères.

Ils marchaient pesamment sous le faix de leurs voix
Avec le seul espoir de ta bonté future ;
Mais les loups de l'enfer guettent la créature
Et happent en chemin l'âme que tu mécrois ;

L'inextinguible feu hurle dans la géhenne
Et les damnés jetés aux abîmes grondants
N'apaisent point la faim terrible de ses dents
Et son gosier féroce est avivé de haines,

N'écarte pas de toi les fidèles troupeaux ;
Le soir descend ; après les heures sans prairies,
Voici l'instant rêvé des calmes bergeries :
Ouvre, ô Pasteur des morts, le bercail de repos.

LES VIOLONS

Et lux perpetua luceat eis.

Seigneur, ces exilés de la seule patrie
Criaient vers toi du fond des gouffres ténébreux ;
Pitié, fais ruisseler des nuages sur eux
La source de splendeur promise en Samarie.

Que la mort leur devienne un baptême : revêts
Leurs flancs martyrisés de robes de lumière
Et donne leur essor dans la gloire première
Aux cygnes échappés aux pièges du Mauvais.

Magnifiques et purs, après la lutte rude,
Ils voleront vers les parterres triomphaux
Où des lys, méprisant la morsure des faux,
Fleurissent dans la joie et la béatitude,

Tandis que le soleil d'un ineffable été
Inonde d'or brûlant les roses et dilate
Les parfums épandus des coupes d'écarlate
Et que l'éther subtil chante l'éternité.

Rappelle au nid fermé les frissonnantes âmes
Et les ailes d'amour monteront vers l'Amant
A travers l'harmonie et l'éblouissement
Des musiques, des voix, des splendeurs et des flammes,

Et les siècles futurs et ceux qui ne sont plus
Tressailliront en toi d'une même allégresse
En oyant tel qu'un chant et tel qu'une caresse
Frémir au ciel nouveau le vol blanc des élus.

LES VIVANTS

Agnus Dei qui tollis peccata mundi,
dona eis requiem.

Seigneur, Seigneur, Seigneur, impitoyable maître,
Nous sommes las des jours et des soleils maudits :
Epargne aux délivrés l'horreur du paradis,
Laisse les morts dormir en paix et ne plus être.

Tant de clous ont percé leurs membres ici-bas
Que nul flot baptismal rédempteur de leurs peines
Ne laverait les maux et les douleurs humaines
Et que ton repentir ne leur suffirait pas.

Ils entendraient, au lieu des sublimes cantiques
Flottant parmi l'encens des lys épanouis,
Monter de l'Océan mystérieux des nuits
Le râle inexpié des souffrances antiques.

Rumeur d'airain, sanglot cruel d'un tympanon
Dont une main haineuse a secoué les cordes,
Le souvenir rirait de tes miséricordes,
La voix de tes élus blasphèmerait ton nom.

Roi du ciel, reste seul dans ta gloire exécrée
Formidable, sereine et libre de remords ;
O bourreau des vivants, ne touche pas aux morts,
Et quand viendra pour nous la suprême vesprée,

Quand les vers rongeront les os de nos genoux..
Accorde à notre chair en tardive clémence
Non les vaines clartés, mais l'ombre, le silence,
Le sommeil et l'oubli de toi-même et de nous.

La Vanité du Verbe

LA VANITÉ DU VERBE

I

Le Runoïa, le prince altier du Verbe d'or,
Est las de la nature et des formes antiques
Où l'ébauche du monde est imparfaite encor :

Les bois noirs et leur chant de harpes prophétiques
Et les monts violets endormis sous le ciel,
Et les brumes d'argent sur les vagues baltiques,

Et les brises de fleurs et les parfums de miel
Et tous les souvenirs alourdis de mystère,
Gonflent son cœur amer de mépris et de fiel.

En son être, écrasé par l'ennui solitaire
Croît avec le dégoût de sa virginité,
Le désir d'évoquer une nouvelle terre,

Un monde jeune, un paradis illimité,
Revêtu d'aubépine immortelle et d'yeuses
Sous les glaces d'hiver et les soleils d'été ;

Où des créations de femmes radieuses
Se mêleraient d'amour à de mâles héros
En des lits de gazon semés de scabieuses.

Le Maître déploya l'art magique des Mots :
Un subit univers naissait de ses paroles
Comme la perle naît du bruit rhythmé des flots.

Une profusion sanglante de corolles
S'éveillait et germait du rêve des Avrils
Et l'azur se baignait de fauves auréoles,

Tandis que les forêts et les guerriers virils,
Les femmes pâles et les belles chevelures
Surgissaient de l'abîme au gré des chants subtils.

Alors, imaginant les caresses futures,
Le sublime ouvrier du Verbe éperdument
Songeait un songe blanc pétri de neiges pures.

Il disait son extase et son ravissement,
Et s'enivrait de la liqueur de la Pensée.
Et sa voix enfantait l'ineffable Tourment.

Elle faisait briller au jour la fiancée
Surhumaine, et la Femme idéale venait,
Divinement resplendissante et cadencée.

Elle marchait sur la bruyère et le genêt
Et des astres vivaient au fond de sa prunelle ;
Un silence d'hymen et de baisers planait,

Le Runoïa, joyeux de l'œuvre faite, en elle
Se plongeait comme dans un océan de lys
Et tombait ébloui de la Forme éternelle

Dans le gouffre effrayant des rêves accomplis.

II

La contemplation dura cent mille années :
Quand le Maître sortit des songes éclatants,
Des générations hideuses étaient nées.

Les Rhythmes étaient morts ; les rires insultants
Grimaçaient ; le soleil blême sur les prairies
Sans fleurs, pleurait les jours anciens et les printemps ;

L'épouse maquillée, âpre de pierreries,
Se raillait du Poète et du Rêve divin
Et se prostituait aux races amoindries.

Lorsque le Démiurge eut vu ce qui devint,
Un désespoir immense emplit son âme sombre ;
Il comprit que le Verbe était stupide et vain

Et cria dans la nuit : « Puisque tout croule et sombre,
« Après l'œuvre magique et sublime du Chant,
« O paroles, rentrez dans le gouffre d l'ombre.

« Va, monde ! abîme-toi, morne soleil couchant !
« Disparais d'un seul coup dans le néant avide !
« Fonds-toi dans ma fureur comme un lingot d'argent ! »

Plus rien ne fut ; la nuit par l'espace livide
Roula son voile noir sur la fausse splendeur
Et le Maître, absorbé dans le chaos livide,

Tut — pour l'éternité — le Verbe créateur.

ACHEVÉ D'IMPRIMER

LE 15 NOVEMBRE 1890

Sur les presses de

BUSSIÈRE FRÈRES

Saint-Amand (Cher)

www.ingramcontent.com/pod-product-compliance
Lightning Source LLC
LaVergne TN
LVHW020315230826
846091LV00003B/679

* 9 7 8 2 0 1 3 0 3 2 0 7 0 *